글벗시선163 임효숙 두 번째 시집

들길이 맛나다

임효숙 _{지음}

도서출판 글벗

65살 인연

일상의 조각들
갈 길을 몰라 샛길로 들어서니
글이 나의 벗 되어주네
아직도 아장아장 걸음마
홀연히 남겨질 내 영혼의 일상을
조금씩 내려놓으며
들길에서 만난 인연들
연두와 초록, 빨강과 노랑
붉은 노을은 흰 구름과 들길 따라 걷는다

내 일상의 조각 여기에 올리며
늘 묵묵히 내 편 되어주는 가족
아들, 딸, 남편 사랑합니다♡
서평과 편집으로 도움을 주신
최봉희 회장님 감사합니다
아낌없이 끌어주시고 응원해주신
모든 문우님 인연에 감사드립니다
제2권 『들길이 맛나다』를 짓다
  - 2022년 3월 서현 임효숙

차 례

■ **시인의 말** 65살 인연 · 3

제1부 숨 쉬는 기쁨

제2부 하늘 그리움

제3부 시작의 힘

제4부 마음의 길

제5부 내 안의 그리움

제6부 예쁜 거짓말

제1부

숨 쉬는 기쁨

숨 쉬는 기쁨

내 마음
깊은 곳에
옹달샘 작은 설렘

계곡물
가슴골에
졸졸졸 흘러내려

전율은
살아 숨쉬는
기쁨으로 흐른다

무지개 (1)

새벽을 뚫고 왔다
밭에서 씨름한다
저 하늘 푸르름이
오늘은 야속하다
놀러 온 구름조각배
타고 놀면 어떨까

퍼붓는 땀방울들
후드득 나뒹굴고
질펀한 옷 사이로
바람이 스며들 제
이 순간 외침 퍼지네
아 시원해 고맙다

지혈과 태양열로
머리에 김이 나고
풀들이 항복하네
씨름판 이겼다오
밭고랑 고속도로네
바람결이 춤추네

마무리 정리할 때
먹구름 마실 와서
수고한 온몸 적셔
흙내음 선물하네
햇살에 무지개 눈썹
밝은 미소 웃는다

술

날 데운 조그만 잔
뜨거운 불길 없이

촉촉한 입술 위에
뒤엉킨 추억들이

영혼을 풀어 놓고서
한 모금에 넘긴다

배

나룻길 뒷짐 지고
마실길 임 가신 길

해님을 짊어지고
황혼길 노 저어라

비우고 떠나가는 임
뒷모습이 고와라

달

비 오는
소리 듣다
보고파 통곡하네

보고픈
임 모습은
달빛 없는 암흑 속에

그립다 말은 못 해도
내 가슴에 품는다

쉼 하니

산 길게
누워보니
연꽃 키 쑤욱 자라

산 너머
연꽃 향기
내 마음에 스며드네

찻잔에
향기 담아서
환희심을 키우네

꿈

텅 빈 공간 속에
아무것도 없음이라

욕심 든 내 마음을
허공에 날려보니

돌아온
메아리마저
허공중에 공이오

풀

들꽃 옆 부비부비
꽃향기 무위도식

몸과 키 뒤질세라
살아온 너이기에

잡초란 그 이름 하나
그들만의 삶이다

끈

나와는 다르기에
틀린 줄 알았었다
내 말이 안 통하고
내 멋대로 안 되기에
소중한 사실을 잊고
고집으로 살았다

나와는 다르지만
인정해 믿음 주고
신뢰로 나눔하며
편하게 즐기는 자
인연의 끈을 꼭 잡고
행복하게 살았다

무지개 (2)

무지개
잉태하니
도화지는 일곱 자식

바닷빛
출렁출렁
흰 구름 일렁일렁

바람결
향기 그리며
꿈 키우는 내 자식

기적

자고 나면 일어나는
기사 속 사건 사고

하루도 편치 않고
변화가 득실대니

조용히
아무 일 없는
평온함이 큰 기적

해바라기

임 모습 바라보며
미소로 안부 묻고

그 마음 전하면서
알알이 채워놓네

겸손한 마음 숙여서
가득 채워 여문다

무더위

칠월의 무더위는
내 삶을 묶어놓고

말없이 무위도식
얻은 건 살 뿐이니

저무는 노을 속으로
처진 뱃살 감춘다

난(蘭)

난초를
흰 구름에
묵화로 뿌려 본다

멍든 내
가슴속에
보랏빛 난을 친다

난초는
흰 구름 위에
그 향기를 전한다

구름아

구름아
네 인생길

유유히 유람할 때

가다가
부딪히는
인연에 정 붙이고

낮달에
조각배 띄워
신선놀음 좋아라

베란다 꽃향기

한 평 속
좁은 공간
제 삶을 피워놓고

환하게
웃음 지어
새 아침 날 찾아오면

햇살에
위풍당당한
향기들이 진하다

상사화

만나면
부끄러워
임 모습 떠난 뒤에

푸른 잎
임 찾아와
가슴 속 애태우며

사모한
마음 숨기려
독야청청 서럽다

종자와 시인박물관

시화전 품으셨소 종자는 잉태하네
조각한 시어들이 바위에 몸을 싣고
박물관 패션니스트 곳곳에서 뽐내네

무더위 열광 속에 찾아든 시인님들
진열된 시화들과 만남을 축복하네
수고로 봉사하신 맘 걸개마다 수놓네

구름도 바람처럼 말없이 쉬어가며
나무의 그늘 시화 펄럭이며 격려해
자식을 잉태하듯이 시집은 탄생했네

출판과 사인회로 행사장 빛내시고
모두들 행복하게 만드신 마술사님
종자와 시인 박물관 시비들과 영원하리

세월

마음에 짐 비우고
해넘이 빈 수레는
가는 길 물 흐르듯
시절은 말이 없고
세월은
수레바퀴에
소리마저 눕는다

채송화

두 팔로 예쁜 너를
소중히 받들고서
환하게 미소 짓는
빨주노 겹채송화
하늘별 색색 내려와
온 세상을 수 놓네

제2부

하늘 그리움

야구

힘차게 날아가는
하늘에 한 마리 새

마음의 환희심과
승부의 숨 막힘이

널 잡아 가두고 싶어
바람같이 달린다

석사과정을 마치며

나이가 문제될까
도전은 생명이다
어둡다 돋보기로
노트북 불 밝히고
어느새 세종대학원
석사과정 학위식

잘했다 토닥토닥
스스로 격려하며
힘겹게 달려온 길
이제야 한숨 쉬네
갈 길은 늘 멀고 먼 길
달려갈 길 가보세

사랑꽃

가슴에 피어나는
사랑 꽃 한 송이가
살며시 인연 되어
고뇌를 감내하고
바람이 멈춘 가슴에
사랑꽃을 피우리

가을사랑 맴맴맴

신록이 내일 향해
어제를 떨구듯이

희망이 높이 오른
오늘도 푸른 물결

하늘빛
호수 언저리
가을사랑 맴맴맴

눈물

슬픔이 멀리 가고
호강이 앞에 온다

슬픔도 눈물이요
호강도 눈물이다

가을의
푸른 하늘은
슬픔 호강 감춘다

마음 눈

마음에 눈을 뜨는
희망은 보았을까

가슴에 나래 펴며
마음 길 오고 가듯

손잡고 따라나서는
어제 소망 내일 꿈

가마솥

질펀한 마음속에
눈물이 줄줄 흘러

보리밥 감자 앉혀
구수한 김 오르네

농부는
꿀맛 몰라서
목숨 줄만 잡는다

바다

애타는 내 마음은
설움을 잊은 채로
몰려온 포말 속에
맘 실어 보내오니
바다가 보내준 해님
내 삶 속에 떠오른다

덤

빈손으로 왔기에
내 삶은 덤입니다

만나고 스친 인연
내 삶의 보물이다

오늘도
덤으로 사는
행복 속에 눈 뜬다

연리지

한 몸을 엮어내어
두 마음 풀어내고

참사랑 하나 되어
사랑 싹 피워놓네

하늘에
쌍무지개가
땅 위에서 꽃 피네

고맙소

계절은 선물이다
인연 길 사시사철

새싹은 꽃 피우고
황금빛 결실맺네

순결한
내 삶의 길에
춘하추동 고맙소

사랑아

서 있는 유리 앞에
사랑은 불투명한

관계를 숨겨놓은
궁금함 끝자락에

유유히 시간 속으로
헤엄치는 사랑아

연꽃 향기

연꽃을
만나러 간
바람길 아니오라
향기를
만나고 온
바람을 닮아 본다

선물로
받은 손 글씨
풍겨오는 연꽃 향기

빗소리

투두둑
부딪치는
둔탁한 빗소리에

새벽을
깨워주는
산사에 풍경소리

빗물은
혼탁한 세상
깨끗하게 씻는다

꽃 입술

꽃잎은 속닥속닥
꽃 입술 달짝달짝

바람님 간질간질
알았다 끄덕끄덕

꽃 입술
봉긋이 물고
바람결에 춤춘다

태몽 참외

맑은 물 시냇가에
두둥실 노란 참외
엄마는 치마폭에
건져서 안았다네
자식은 나 하나뿐인
무남독녀 외동딸

외로운 노란 참외
지혜로 두리뭉실
모양은 동글동글
집안의 보배로세
행복을 가꾸는 가족
꿀맛 나는 사랑맛

주인공

들길을 걸어가며
꽃잎에 입 맞추고

소롯이 예쁜 미소
보내준 여유로움

바람길
손잡고 걷다
멈춘 곳에 주인공

구름 드라마

구름 위 조화 속에
마술의 경지일까
바람이 만져주니
구름길 천태만상
오늘의 일상 하늘에
그림 그려 멋져요

연인들 마주 보며
그리움 그려놓고
찻잔에 스며드는
꽃향기 향기로움
휙 지나 다음 스크린
알 수 없는 드라마

하늘 그리움

푸른빛 하늘 속에
그리운 풍경화는
산과 강 푸르름을
싱그럽게 그린다

향기로
전해준 들꽃
널 그리며 입맞춤

백일홍

네 이름 꽃 백일홍
날마다 생글생글

슬픔도 행복으로
함박꽃 피워놓고

어느새
백일 되었나
무지개 꽃 예쁘다

이상의 꿈

아침이
시끄럽다
밝음의 소음 속에
무겁게
가라앉은
마음속 이상들은
밤하늘
은하수 베고
꿈속에서 자란다

제3부

시작의 힘

가을 빗소리

구름이 조화 부려
몰고 온 가을비는
고막을 찢는 소리
온몸을 내려놓고
비바람 처마 끝에서
빼꼼 내민 빗방울

소리뿐 보임 없고
귓가에 진동 소리
가을비 바삐 뛰네
밭두렁 배추 파종
촉촉이 적셔 짓눌러
흙 발자국 씻기네

심쿵해

고구마
줄기 좋아
맛있는 줄기 김치

한 껍질
벗겨내어
인고의 초록 새 삶

색칠한
멋진 파스타
최고의 맛 심쿵해

담쟁이

실핏줄 삶의 흔적
온몸을 휘감고서
푸르른 희망 키워
황혼길 마중한다
삭신은
얽히고설킨
상처 안고 버틴다

바람도 다녀가고
햇살도 마실 와서
구름이 흘러가듯
말없이 손잡고서
얽히고설킨
인연을
보듬어서 재운다

사진 한 장

삶 속에 날아들던
표정의 대화들은

그 순간 사진 한 장
시절도 함께 간다

살면서
만난 인연들
추억여행 사진첩

사랑

사랑의 힘 우리 앞에
기적을 만들었고
우리의 나눔과 배려로
온 세상은 행복하다

사랑을 받을 때는
받아서 행복하고
사랑을 나눔할 때는
온 세상에 기쁨이다

세월 앞에 장사 없듯
오늘처럼 건강하세요
아픔은 대신해 드리거나
나눌 수 없으니까요

배롱나무 연정

기와지붕 위
이고 있는 하늘호수
곧 쏟아질 듯
마음은 아련하다

마당 한가운데
고운 손 뻗고서
분홍빛 스카프 향기 날리며
뽐내는 자태 속에
그리움은 선혈로 녹는다

오늘도 가려진 연정
품속에 잠재우고
기왓장 하나하나 설움을
처마 끝에 매단다

고운 손길 향기 속에
하늘 호수 울면서 가 버린다

노을

해를 등에 지고
노 젓는 조각배
힘겨운 삶 하루를 숨기려
붉은 노을빛 숨바꼭질
숨 가쁘다

연꽃봉오리 마음의 문 열고
활짝 웃어주면
발그레하던 낯빛
샛노랗게 변한다

연꽃 보러 가는 바람이 아니고
연꽃 만나고 오는 바람같이

향기를 품은
새 되어 날아 든다

가을

새벽녘 움츠림은
시절이 바뀜이오

내 삶은 그자리오
내 마음도 그 자리

시절은 내게로 와서
가을 편지 전한다

가을은

높은 하늘에
구름 두둥실
내 욕심 매달고
일렁일렁 그네 탄다

황금물결 파도치는
풍요로운 결실의 무게
살며시 내려놓는다

가을은 옷을 벗고
탐욕도 성냄도 벗어놓고
보내려는 바쁨 속에
나뭇잎 두드리며
바람 소리에 실려 오는
가을비 소나타

자연의 소리 들으며
눈감으니 마음에 평화 잠든다

백신 2차 맞은 날

2차 백신으로
마냥 실신하듯 뻗고 잠들었다

파도 소리일까
폭포 물 떨어지는 소리일까
대지의 진동이 내 몸에 소리 되어
날 깨운 새벽

머리가 띵하다

눈물 흘린 유리창에
바람이 이마 대고 흔들어댄다
땅 위에 그려진 동그라미 발자국
징검다리 되어 날 인도한다
콩콩콩

먼동이 틀 즈음
매미들이 외쳐댄다
나도 살아있다고
나도 살아있다

반영

빗소리 들여다보면
발견한 유리창 밖 나

바라본 바깥세상
빗맞고 눈물 훔친다

스산한 바람 소리
깨져버린 고요 속에

비 맞고 젖지도 않은
머릿결 샴푸향이

달빛이 아닌 밝음
매달린 조명등 탓이다

속아서 멍 때린 하루
날 따라와 깨운다

커피 향

마음이 행복하다
스며든 커피 향에
뇌쇄적 하루 일상
일렁이다 스러진다

마음속
깊은 곳에서
따스함을 외친다

호박잎

호박순
힘찬 도약

초여름
추억의 맛

보리밥
토실토실

호박잎
자연의 맛

할머니
된장 맛 퍼져
골목길은 향수다

돌담 밑 고뇌

과꽃의
외로움 속
파고든 풍경소리

중생들
탐 욕심을
향기로 채워준다

돌담 밑
청순한 과꽃
세상 고뇌 내린다

독버섯

비 온 날
새벽 숲길
우산을 들고나온

하얀빛
아가씨는
고운 얼굴 독을 품고

오가는
산책길 섶에
길손 유혹합니다

여유로움

바람이
숨 멈추고
공기도 휴식 시간

나도 같이
쉬어 볼까
내려놓은 마음의 짐

홀연히
가벼워진 삶
여유로움 찰나다

도착한 학위기

드디어 제게 도착했네요.
시작이 잉태한 결과물
세종대 산업대학원
호텔 관광 외식 경영학 석사
곱게 다가와
어깨를 토닥토닥
내가 나에게 보내는 마음입니다

다시 도전할 대상은
글입니다

밑그림이 시작되어
글이 되고 벗이 될 날

탄생할 밑거름이
잘 숙성될 수 있길
바랍니다
감사합니다

세월이 가는 길

올곧고 성실하게 유유히 흘러온 길
떨어져 파헤쳐진 온몸은 동그라미
피멍 든 재인폭포는 살아있는 증거다

세월이 가는 길에 사연을 인연처럼
황금들 연천평야 벗 품은 한탄강은
가을의 문턱 앞에서 황금벌판 키운다

달무리 마실 길에 미소 띤 메리골드
순수한 마음으로 향기에 잠이 들고
종자와 시인 박물관 별빛 따라 빛난다

시작의 힘

시작이 시작됐다
빗소리 바람 소리
길가에 예쁜 꽃들
미소로 응원받고
열매에 순수 속에
결실의 희망이 보여
행복하게 달렸다

달리다 구름 위에
꿈들을 그려보고
이상의 날개 펴고
독수리 벗도 되고
자그만 참새 무리에
푹 빠져도 보았다

시작의 힘이 있다
다리가 없는데도
달리는 시작의 힘
늘 우린 하고 있다
가을에 결실 앞에서
결정체는 다 컸다

두 마음

한마음 한결같이
올곧고 성실하고
펼쳐진 일상 속에
정직한 일편단심
누구라 할 것 없이 늘
한마음을 나눈다

두 마음 이중성격
다 나름 살아가는
자기의 모습이라
외향적 내면세계
마음에 진심을 담아
전해주며 나눈다

하늘같이

하늘을 바라보니
내 마음 하늘이오

푸르고 비도 오고
울다가 웃는 세상

내 삶은
하늘 따라서
하늘만큼 커졌다

제4부

마음의 길

무리한 가을 산행

무릎이 괜찮을까
수술 후 처음 산행
남편의 도움으로
사부작 스틱 산행
산바람 응원해주며
시원하게 웃는다

버섯도 반겨주고
청솔모 마실 길에
도토리 알도 크고
키 재기 누워 하네
소나무 우리들에게
피톤치드 주신다

응봉산 한강봉아
널 찾아 내가 왔다
힘겹고 벅찬 산행
땀방울로 답하고
하산 길 너무 힘들어
지금까지 아프다

찬

수고한 농심들이
예쁜 옷 갈아입고
제각기 맛깔나게
유혹한 밥상머리
보랏빛 가지나물 찜
눈 건강에 좋아요

땀방울 맺힌 사랑
뽀얀 빛 감자볶음
행복한 농심 마음
가족들 행복 웃음
식탁이 품은 결실은
가족사랑 살찐다

가을비

나뭇잎 호박 덩굴
빗소리 잠 깨우고
잔디 위 빗방울은
스미어 안기는데
난 어디 안기려 하나
허전함이 눈물 된다

빗소리에 임 발자국
동그라미 그려놓고
홀연히 사라지는
가을비 외로움에
오늘도 동그라미 속
임 모습이 그립다

고독

떨림이
느껴지나요
갈바람
스미는데

나뭇잎
붉어진 삶
진심이
날 찾아요

고독은
떨림의 진동
삼키면서 앓아요

그리움

바람결
내 가슴에
들고 온 한 조각은
온몸에
꽃피우듯
설렘을 안겨주고
어둠이
날 찾아오니
그리움은 날샌다

산사에 비 그치니

절 마당
햇살처럼
그 임이 미소 짓네

대웅전
다소곳이
정좌로 마음 비우고

비 그친
중생 마음에
환희심 채운다

무엇이 날 기다리나

바람이 지나간 자리
남은 건 추억이다
좋거나 나쁘거나
되돌아오지 않아
무엇이 날 기다리나
가버린 날 지금은

지금이 희망이라면
새싹이 결실이다
온몸이 삐걱대도
마음이 행복하니
무엇이 날 기다리나
와버린 날 삶이다

가을은 사랑

나뭇잎 툭
떨어진 날
사랑은 방황인걸

얼굴에
홍조 띠고
사랑은 휙 날아가

하늘빛
가을은 사랑
방황하다 마친 생

살다 보면

살다가 뒤돌아봐
물 같이 살아진다
아침에 눈을 뜨니
바람 같이 살아진다
이슬이 꽃잎 스밀 때
햇살처럼 살아요

사라진 현실 앞에
흔적도 못 남긴 채
살다가 구름 위에
살며시 누워본다
내 안에 당신 숨결은
바람 따라 스민다

다짐

방안 끝 오랜 세월
흔들림 하나 없다
책장 안 새 주인이
다소곳이 자리한다
오랜만에 묵은 때 닦고
긴 여정을 쉼한다

자리한 오늘부터
미소 띤 모습으로
새로운 공간 속에
행복을 전해준다
한 번씩 눈 맞추면서
커피 향에 머문다

언제나 있었던 듯
책장 속 가운데 자리
노력과 열정으로
가득한 결정체는
나를 더 낮추면서 늘
겸손하자 다진다

꽃무릇(석산)

길상사
꽃무릇이
운동회 응원단처럼
꽃 수술
모아모아
흔들고 서 있네요

땀 구슬
맺힌 이마에
바람 솔솔 힘내요

마음의 길

마음에
보이는 길
아침의 햇살이다

숲속의
이슬길도
바람길 물길 같아

내 마음
보이는 길은
구름같이 여여하다

고개를 숙이니

고개를 숙여보니
하늘이 누워 있다

하늘을 채워놓으니
유유히 구름이다

풀 섶에
풍류 속에서
흐르던 물 춤춘다

달 닮은 한가위

달 닮은 한가위라
떡방아 덩 더덕 쿵

둥그런 마음속에
전하는 송편 마음

초승달 보름달 되니
풍요로운 한가위

온 가족 오손도손
햇곡식 햇과일로

휘영청 달님 모양
가득한 추석 명절

달님의 강강수월래
한가위만 같아라

비 오는 추석

비님이
심술 났어
왜 하필 오늘이야

달님이
까꿍 하며
비옷을 챙기셨네

구름이
걷히며 빵긋
우리 달님 오실껴

들길이 맛나다

들길이
빵 길이다

소보로
울퉁불퉁

자갈길
향기 속에

물웅덩이
하늘 담고

들길이
나무 그늘에
스며들어 맛나다

사랑길

오르막
비탈길에
가을빛 아리랑 길

내리막
비탈길에
황혼빛 쓰리랑 길

단풍잎
사랑의 길
인생길은 행복 길

추분

밤이 긴 추분의 밤

그을린 검은빛 밤

바닷물 시린 마음

사각사각 아침 여네

떠오른 젊은 열정이

기나긴 밤 깨운다

삽시도

뱃고동
펄럭이며

펼쳐진
삽시도에

모래밭
명사십리

파도가
따라오네

갈매기
친구 따라서
조개잡이 신나네

삶의 진리

하늘에
이과수 폭포

펼쳐진
나이아가라

자연은
헝클어진

고뇌와
번민 속에

펼쳐진
우산 속에서
삶의 진리 찾는다

제5부

내 안의 그리움

내 안의 그리움

촉촉한
입술 위에
내려온 언어들은
허공에
맴돌다가
눈빛에 녹아든다

내 안의
가슴 밑바닥
가득 쌓인 그리움

빈 마음

가을 길
살살이 꽃

내 마음
흔들었어

미소를
잃어버린

사랑을
눈에 담고

빈 마음
살살이 꽃은
마냥 서서 웃는다

맺은 인연

인연은
꽃 몽우리

웃으며
피워주고

우연은
스쳐 가는

바람도
잡아주고

필연은
스치는 우연
인연으로 맺는다

치악산

등짐이
무거워서

구름 위
내려놓고

상원사
소나무에

보은의
꿩 이야기

은혜를
갚은 공덕은
절 마당에 저문다

마음 나눔

마음을
한 보따리

한가득
챙겼어요

나누려
*똘레똘레

골고루
챙겼어요

마음이
할 수 있는 건
마음 나눔 하는 일

* 똘레똘레 : 둘레둘레의 사투리(방언),
 사방을 여기저기 살피는 모양

내가 서 있는 곳에

사랑이 나눔 되어
시화전 골짜기에
우수수 쏟아지는
영롱한 시향 있어
난 내가 서 있는 곳에
오늘을 새긴다

비 오는 골짜기에
임자도 없는 빈곳
빗소리 펄럭펄럭
시화들 응원한다
저 자리 서 있는 곳에
사랑 나눔 싹튼다

네 이름 가을향기
내 이름 가을은 사랑
네 별명 메리골드
내 별명 해바라기
나서서 화장 고치고
바람 따라 나선다

연화 바위솔

연꽃이 두 손으로
받쳐 든 꽃탑이여

정성껏 두 손 모아
빌면서 참회하네

중생의
탐욕심 모두
향기 되어 퍼진다

땅귀개

촉촉한
발아래에

뾰족이
꽃피우니

날아든
꽃과 나비

좋아서
윙크한다

유익한
희귀식물의
작은 모습 멋지다

가야금

가야금
열두 줄은

곡예사
놀이터다

춤추는
고운 모습

선율은
심금 울려

가슴에
쌓인 애환을
적셔주고 녹인다

단풍은

너는 왜
놀란 거야

너는 왜
부끄럽니

세상이
변하여서

마음이
삭막해도

단풍잎
고운 빛깔은
변함 없이 예쁘다

오리방풀

오리입
수술 따라

꽃잎에
이슬 맺고

궁뎅이
뒤뚱뒤뚱

보랏빛
유혹한다

추억이
아름다운 꽃
오리방풀 예쁜 꽃

* 오이방풀 꽃말 : 추억

여행길 인연

여행길 걷다 보면

스치는 인연 세상

우연히 마주칠 때

사랑의 눈빛으로

동행길 친구 되었다

인생길은 여행길

풀잎에 자비

풀잎에
빗방울은
풀잎을
빗질하고

일 마친
흙 묻은 손
풀잎 스쳐
손 씻는다

풀잎은
그 자리 서서
자비로움 주신다

나누며 걷는 길

혼자서
그리움 길

둘 셋이
사랑의 길

우리는
우정의 길

모여서
나눔의 길

그 길은
나누며 함께
걸어가는 행복 길

청보리

청보리 아침햇살에
눈물 흘리며
겨우내 움츠리며
쌀쌀함과 혹독함에 버틴
아침이 따스하다

바람마저 뾰족하게
이빨 부딪치며 앙다문 입술
찬바람 절규 소리마저
외로운 나그네 손잡고 버틴
청보리 하늘거림은 여유롭다

느리게 굴러가는
개똥벌레
한 바퀴 돌고 나니
인생 반 바퀴
세월에 묻고 남은 반
바퀴 덤으로 굴려
그림자 밟고 버틴
청보리
수술에 사각 소리 예쁘다

자유로움

산허리 힘들다고
삶 속에 지친 마음

강 건너 평화로움
날 위해 노래하네

나는 새
힘찬 날갯짓
푸른 하늘 자유다

명품

진실을
품어 안고

고고히
고백한다

품어온
오랜 세월

때 묻은
잔상들이

된서리
모진 풍파 속
버텨 명품 되련다

젖줄

사랑해
나의 가족

좋아해
내 새끼들

세월이
흘러가니

오늘이
탄생했네

부모의
내리사랑은
젖줄 되어 키운다

서리

오늘은
왜 힘없어
축 처진 안타까움

호박잎
고추나무
푸르름 상실하고

내일이
사라진 오늘
고개 숙여 참회한다

옷깃 여미며

세월이 달릴 길에
바람이 앞서 있다

쌀쌀한 기온 탓에
옷깃을 부여잡고

벌어진
살 틈 사이에
낯 붉어진 가을은

초록빛 멀어진 추억
바람이 안고 간다

스산한 낙엽 소리
빈 마음 애절하고

벌어진
옷깃 여미며
울긋불긋 물든다

안개

무엇을 숨긴 거니
손발도 없으면서

마음속 구석구석
희망을 숨긴 거니

안개가
걷힌 아침에
온 세상은 항금벌

제6부

예쁜 거짓말

하룻길

우리의
하룻길은
무한한 반복의 길

번민 속
희망 엮어
인생은 탱글탱글

온몸은
바람에 안겨
흘러가는 하룻길

먼지

밤사이
무거운 맘
복잡한 상황들을

벗기고
닦아 내니
온 세상 예쁘구나

갇힌 삶
속세 악연들
청소기로 흡입 중

낮달

달리는
서해대교 위
길 나선 낮달님은
동행 길 친구 되어
바람결 스칠 적에
하늘을
날던 기러기
엄마 품에 쉼 한다

산등성 너머에서
고개를 내밀고서
웃어준 하룻길에
낮달도 나들잇길
기나긴 하루 해님은
알곡들을 채운다

출근길

먹잇감
찾아 나선
승냥이 떼들처럼

앞만 보고
달려가며
시뻘건 눈알 켠다

희망 길
인생 나들이
매일 오는 행복함

어느 가을날에

가을은 떠나면서
아가 손 마디마디

내일을 약속 걸고
오색의 삶의 주름

펼쳐진
책갈피 속에
눕혀놓고 떠난다

가는 길 정처 없이
으깨진 추억 조각

바스락 몸부림에
대지는 눈 감은 채

퍼즐로
맞출 수 없어
가을 자리 비운다

예쁜 거짓말

부모님
주름 늘고
거짓말 느셨구나

나도 늘
잘 있단다
내 걱정 하지 마라

사랑의
예쁜 거짓말
주름 늘자 더 는다

억새

명성산
억새 물결
포말은 아름답다

손잡고
한들한들
순풍에 돛 달고서

온 산에
억새 은물결
파도 타며 노 젓네

금은보화

산 아래
구름 호수
계곡 숲 천지일세

물 웅덩
울긋불긋
비추는 가을동화

산 아래
마을 어귀에
금은보화 열렸다

홍시

까치밥 가지 끝에
목숨 줄 매달고서

동구 밖 자식 발길
눈 감고 귀 문 여네

붉은빛
사랑의 열정
내어주는 그 사랑

십일월

십일월
찾아왔다
툭 걸치고 나온 듯한

고운 빛
한 잎 팔랑
노랑색 칠해 본다

내일은
오색 단풍잎
날갯짓을 멈춘다

비상

사랑이 흘러내려
온몸을 불태우니
가을은 예쁩니다
가지 끝 질긴 인연
꿈속에 날아올라서
첫사랑 임 그린다

비상을 꿈꾸면서
날갯짓 연습 삼아
바람결 타보지만
목숨 줄 질긴 인연
버리고 날지 못함은
잊지 못한 첫사랑

반딧불이 사랑

발아래 별빛들이
자리를 이탈하여
사랑님 구애하듯
예쁜 빛 깜박깜박
하늘에 별자리 모두
풀숲에서 헤맨다

오늘은 찾았을까
마음에 자리한 임
호숫가 언저리에
맑은 빛 깜박깜박
호수에 오작교 건너
반딧불이 만났다

붉은 새

오묘한
자태마저
햇살이 안아주고

비상을
준비하는
붉은빛 가지 끝에

푸르른
저 창공 향해
네 온몸을 던지렴

우연

풀꽃은
세월 속에
외롭게 살아가다

어느 날
꽃반지로
인연을 만들었다

사랑은
자연 속에서
인연 고리 만든다

사랑차

가을이
붉게 탈 때
욕심을 내려놓고

식은 꿈
찻잔 속에
따스한 열정 넣다

빈 마음
녹인 사랑은
낙엽 향기 사랑차

겨울비

새벽 비
차박차박
촉촉이 적셔주고

매달린
마지막 잎
서럽게 울어울어

온 대지
시절 속으로
입동 아씨 걷는다

북풍한설

북풍이
스키 타고
하늘에
흰나비가
환희로 온 세상을
춤추며 펄펄 나네

온 세상 다 덮어버린
순백의 너 참 곱다

고운 맘
반짝반짝
순백의
여린 마음
소나무 고깔 씌워
뽐내며 으스대다

눈물로 전하는 설움
북풍한설 찬바람

예쁜 너 바보야

예뻐요
예쁘다구
말해야 손짓해야

온몸을
붉히면서
붙잡고 절규해도

내 마음 알지 못하는
가을 단풍 바보야

바보야
바보라구
저녁놀 낯붉히며

바람에
스친 낙엽
속마음 알지 못해

보내기 싫은 마음뿐
예쁜 너는 바보야

아욱죽

좋아해
널 좋아해
기억 속 엄마 모습

쌀 넣고
된장 풀어
진한 맛 폭폭 끓여

늦가을 식탁 머리에
추억마저 맛나다

마지막
가을걷이
날개를 떨구더니

된장과
한 몸 되어
내 사랑 보드란 맛

환상의 앙상블이야
죽 맛 속에 참 죽 맛

오봉 바위

보고파
침묵으로
북한산 오봉 바위

긴 세월
터줏대감
큰마음 내어주네

오늘도
해넘이까지
땀 흘리는 기다림

삶의 열정이 빚은 시적 상상력과 행복
– 시집 『들길이 맛나다』

최 봉 희(시조시인, 평론가, 글벗 편집주간)

글이란 나를 드러내는 도구이다. 나를 존중하는 가장 아름다운 무기이기도 하다. 시인에 걸맞는 글을 쓰는 일은 끊임없이 공부하고 고민해야 한다는 의미다.

글이란 소통의 기본이자 인격이다. 글을 토해내면 소인이요. 글을 다듬으면 시인이다. 시인이라면 더욱 그래야 한다.

들길이
빵길이다

소보로
울퉁불퉁

자갈길
향기속에

물웅덩

하늘 담고

들길이 나무그늘에
스며들어 맛나다
- 시조 「들길이 맛나다」 전문

이 시조 작품은 임효숙 시인의 시조 등단작품이다. 시인이 어느 길을 걸으면서 느낀 감성을 맛있는 소보로빵에 비유한 개성적이고 톡톡 튀는 작품이다. 들길이 빵길이고 소보로 빵이란다. 그리고 물웅덩이에 하늘이 보인다. 들길이 나무 그늘에 스며드니 산책길이 신나고 즐거워 맛이 난다고 했다. 동심이 드러나는 독특하고 창의적인 작품이다.

필자는 글을 쓰기 전에 꼭 하는 일이 있다. 컴퓨터의 국어사전의 창을 띄우는 일이다. 그런 습관이 생긴 것은 오래전의 일이다. 글은 곧 말이다. 내가 쓴 단어를 사전에 다시 찾아보는 일, 내가 쓴 단어 중에서 더 적절한 어휘가 있는지 확인하는 일, 그리고 문맥에 맞게 단어를 썼는지 재차 확인한다.

쓸 글이 많다고 해서 글을 잘 쓰는 것은 아니다. 그것을 어떻게 표현하느냐가 관건이기 때문이다. 글을 쓸수록 어려운 가장 큰 요인은 어휘력 부족이다. 어휘력이 부족하면 글이 빈곤해지고 맛이 없어진다. 내가 가진 것과 보여주는 것은 별개의 문제다. 어휘력이 부족하면 가진 자료가 많아도 제대로 보여줄 수가 없다.

어떻게 하면 어휘력을 키울 수 있을까? 많은 이가 독서를 적극 권한다. 옳은 말이다. 하지만 필자는 글 쓰는데 필요한 어휘력은 자신이 닮고 싶은 사람의 책을 읽고 필사하는 것이 가장 좋은 방법이라 생각한다. 나의 멘토이자 모델로 삼고 싶어 눈여겨 봐둔 작가의 글을 반복해서 읽고 필사하면 좋으리라. 그러다 보면 그 사람이 자주 쓰는 어휘를 자신도 모르게 흉내 내고 닮아가게 된다. 그러면서 자신만의 개성을 찾고 이를 뛰어넘는 글쓰기의 과정이 필요하다. 그래서 글 쓰는 이에게는 무엇보다도 국어사전을 수시로 찾아보는 것이 매우 중요하다.

내가 아는 시인 중에 열심히 독서하고 글 쓰는 열정을 늘 실천하는 작가가 몇몇 있다. 그중에 한 분이 바로 임효숙 시인이다. 임효숙 시인은 등단 전에 시집 『글이 나의 벗 되다』라는 시집을 이미 발간했다. 아울러 계간 글벗에서 시조 부문에 신인문학상을 수상하고 등단한 시인이다. 한마디로 열심히 공부하면서 새로운 것에 끊임없이 도전하는 창조적인 시인이다. 자신이 꿈꾸는 일과 관심 있는 분야에 열정으로 임하는 멋진 시인이기도 하다. 시인은 시집 첫머리 '시인의 말'에 남긴 것처럼 65세의 나이에 석사학위과정을 졸업하고 지금도 배움의 열정을 불태우고 있다.

글의 어휘력은 나이테처럼 연륜이 드러나기 마련이다. 삶의 경험과 거기서 얻은 사유의 깊이가 글에 담기는 것이다. 한 해 한 해 늘어가는 나이에 걸맞게 어휘도 꾸준히

늘어나야 한다. 그러지 않으면 학창 시절에 익힌 어휘력 수준에 머물다가 생을 마감할지 모른다. 그래서 더 배움이 필요하다. 그 배움에 열심히 임하는 시인이 바로 임효숙 시인이다. 65살을 넘긴 그 열정이 눈이 부시다. 나이가 문제 되지 않는다.

> 나이가 문제 될까
> 도전은 생명이다
> 어둡다 돋보기로
> 노트북 불 밝히고
> 어느새 세종대학원
> 석사과정 학위식
>
> 잘했다 토닥토닥
> 스스로 격려하며
> 힘겹게 달려온 길
> 이제야 한숨 쉬네
> 갈 길은 늘 멀고 먼 길
> 달려갈 길 가보세
> - 시조 「석사를 마치며」

말 그대로 시인에게 도전은 생명이다. 배움에는 끝이 없다. 갈 길은 늘 멀고 먼 길이다. 그렇지만 시인은 멈추지 않는다. 시인답게 시를 쓰고 시인답게 말하고 어른답게 인간답게 말하고 싶어서일 게다.

방안 끝 오랜 세월 흔들림 하나 없다
책장 안 새 주인이 다소곳이 자리한다
오랜만에 묵은 때 닦고 긴 여정을 쉼한다

자리한 오늘부터 미소 띤 모습으로
새로운 공간 속에 행복을 전해준다
한 번씩 눈 맞추면서 커피 향에 머문다

언제나 있었던 듯 책장 속 가운데 자리
노력과 열정으로 가득한 결정체는
나를 더 낮추면서 늘 겸손하자 다진다
– 시조 「다짐」 전문

 그의 배움의 열정에는 겸손이 있다. 글 나눔의 순간에도
시인은 더 배우려고 하고 더 알고자 원한다. 품격있는 삶
을 위한 배움의 태도다.

드디어 제게 도착했네요.
시작이 잉태한 결과물
세종대 산업대학원
호텔관광외식 경영학 석사
곱게 다가와
어깨를 토닥토닥
내가 나에게 보내는 마음입니다

다시 도전할 대상은
글입니다

밑그림이 시작되어
글이 되고 벗이 될 날

탄생할 밑거름이
잘 숙성될 수 있길 바랍니다
감사합니다
- 「도착한 학위기」 전문

　시인의 말처럼 글이 되고 벗이 될 날을 꿈꾸는 삶의 숙성
을 희망하고 꿈꾸고 있다. 그의 시의 밑거름은 삶의 경험
이다. 삶의 경험은 가장 중요한 글쓰기의 밑천이다. 글 문
이 글쓰기가 막막할 때는 경험을 얘기하면 된다. 그리고
그 경험에 의미를 부여하고 인용을 달아준다.

밤이 긴 추분의 밤
그을린 검은빛 밤
바닷물 시린 마음
사각사각 아침 여네
떠오른 젊은 열정이
기나긴 밤 깨운다
- 시조 「추분」 전문

　그의 삶의 열정은 밤을 지새우는 일로 번져간다. 몸은 연

륜을 더했지만 배움에 있는 젊은 시인의 열정은 기나긴 밤을 깨우는 것이다.

두 번째로 임효숙 시인의 시의 근원은 사랑의 힘이다. 그가 배움에 임하고 글을 쓰는 것은 기적 같은 일이다. 그의 인간관계는 참으로 아름답다.

어느 날 부산에서 연천의 종자와 시인박물관을 첫걸음 하는 시인이 있었다. 먼 곳에서 연천의 종자와 시인박물관까지 찾아오시기에 불편하니 본인이 자청해서 모시고 오겠다는 것이다. 물론 행사가 끝나고 뒤돌아가는 과정에도 시인은 기꺼이 봉사하는 그런 성격의 시인이다.

> 사랑의 힘 우리 앞에
> 기적을 만들었고
> 우리의 나눔과 배려로
> 온 세상은 행복하다
>
> 사랑을 받을 때는
> 받아서 행복하고
> 사랑을 나눔 할 때는
> 온 세상에 기쁨이다
>
> 세월 앞에 장사 없듯
> 오늘처럼 건강하세요
> 아픔은 대신해 드리거나
> 나눌 수 없으니까요
> ─ 시조 「사랑은」 전문

시인이 갖고 있는 아름다운 철학이다. 사랑은 받고 나눔에 있음을 간파하고 행복한 삶, 건강한 삶을 추구한다. 그 사랑의 중심에는 가족이 함께하고 있다.

글말은 현실을 만들어 낸다. 실제로 그렇다. 말글은 마음의 알갱이다. 말글은 자기 생각과 마음이다. 말글이 바뀌면 생각과 마음이 바뀌고 생각과 마음이 바뀌면 행동이 바뀐다. 행동이 바뀌면 습관이 되고 습관이 바뀌면 현실이 된다. 모든 것은 말하는 대로, 글을 쓰는 대로 되는 것이다. 시작의 힘이 중요하다.

　　시작이 시작됐다
　　빗소리 바람 소리
　　길가에 예쁜 꽃들
　　미소로 응원받고
　　열매에 순수 속에
　　결실의 희망이 보여
　　행복하게 달렸다

　　달리다 구름 위에
　　꿈들을 그려보고
　　이상의 날개 펴고
　　독수리 벗도 되고
　　자그만 참새 무리에
　　푹 빠져도 보았다

　　시작의 힘이 있다

다리가 없는데도
달리는 시작의 힘
늘 우린 하고 있다
가을에 결실 앞에서
결정체는 다 컸다
 - 시조 「시작의 힘」 전문

 심리학에 자기실현적 예언 효과라는 게 있다. 사람은 공
개적으로 발언하면 거기에 맞춰 자신의 태도를 변경하는
경향이 있다. 그 때문에 말한 내용이 현실에서 이루어질
가능성이 매우 높다는 이론이다. 심리학에서 말하는 이른
바 피그말리온(Pygmalion effect)다.
 상대방에게 긍정적인 말을 건네면 상대방이 긍정적인 결
과를 만들어 내고 부정적인 말을 하면 부정적인 결과를 낳
는 법이다. 이와 반대의 경우도 있다. 바로 골렘효과
(Golem effect)다. 이는 사랑이 없는 행동이고 언어에서
비롯된 말이다.

마음을
한 보따리

한가득
챙겼어요

나누려

*뚤레뚤레

골고루
챙겼어요

마음이
할 수 있는 건
마음 나눔 하는 일
– 시 「마음 나눔」 본문

시인은 사랑의 마음을 나누고 글을 나누어야 한다. 독자와 나누는 언어 중에 행복의 말이 있었으면 좋겠다. 그 말은 긍정이고 사랑의 말이어야 한다. 왜냐하면 말은 곧 씨가 되기 때문이다. 좋은 씨앗을 심으면 좋은 열매를 거두는 법이다. 콩을 심은 데 콩이 나고 팥을 심은 데서 팥이 나는 법이다. 뿌린 대로 거둔다는 말이 있지 않은가.

시인이 사용하는 말글이 독자의 운명을 좌우할 수도 있다. 말글이 다짐이 되고 언약이 되어 꿈을 현실로 만드는 것이다.

맑은 물 시냇가에
두둥실 노란 참외
엄마는 치마폭에
건져서 안았다네
자식은 나 하나뿐인

무남독녀 외동딸

외로운 노란 참외
지혜로 두리뭉실
모양은 동글동글
집안의 보배로세
행복을 가꾸는 가족
꿀맛 나는 사랑맛
- 시조 「태몽 참외」 전문

　무남독녀 외동딸인 본인이 지혜로운 사람이 되고 집안의
보배가 된 것이다. 그러면 그곳에는 무엇이 존재했을까?
바로 사랑의 언어다. 사랑의 말이 긍정의 젖줄이 되어 가
족을 이끌고 자녀를 양육한 것이다. 이 얼마나 아름답고
긍정적인 언어인가. 결국은 사랑으로 인해 행복을 가꾸는
가족이 되었고 꿀맛 나는 사랑을 맛본 것이 아닐까?

사랑해
나의 가족

좋아해
내 새끼들

세월이
흘러가니

오늘이
탄생했네

부모의
내리사랑은
젖줄 되어 키운다
- 시조 「젖줄」 전문

그런데 그 사랑에는 열정이 있다. 또한 열정이 있는 곳에 물론 사랑이 있기는 하다. 시인은 글로써 사랑을 열정으로 심은 것이 아닐까?

가을이
붉게 탈 때
욕심을 내려놓고

식은 꿈
찻잔 속에
따스한 열정 넣다

빈 마음
녹인 사랑은
낙엽 향기 사랑차
- 시조 「사랑차」 전문

그 열정은 욕심이 없는 열정이다. 마음을 비운 사랑이다.

어떤 대가도 바라지 않는 사랑이다. 다시 말해서 겸손함에
서 시작된 욕심 없는 마음이다. 욕심을 버리는 태도가 눈
부시다. 큰 대가를 바라거나 욕심을 내지 않기에 그 결과
에 대해 후회가 없다.

텅 빈 공간 속에
아무것도 없음이라

욕심 든 내 마음을
허공에 날려보니

돌아온
메아리마저
허공중에 공이오
– 시조 「공」 전문

다시 말해 열정은 있으나 욕심은 없다는 말, 혹시 이해할
수 있겠는가. 가을에 자연의 소리를 들으면서 평화를 꿈꾸
는 삶, 그것이 시인으로서 지닌 철학이다. 욕심을 내려놓고
열매도 내려놓는다. 가진 것을 모두 버리고 자연의 소리만
을 듣고 싶은 것이다.

높은 하늘에 구름 두둥실
내 욕심 매달고
일렁일렁 그네 탄다

황금물결 파도치는
풍요로운 결실의 무게
살며시 내려놓는다

가을은 옷을 벗고
탐욕도 성냄도 벗어놓고
보내려는 바쁨 속에
나뭇잎 두드리며
바람 소리에 실려 오는
가을비 소나타

자연의 소리 들으며
눈감으니 마음에 평화 잠든다
- 시 「가을은」 중에서

시인은 욕심을 내려놓는다. 하지만 삶의 뚜렷한 목표를
갖고 사는 삶이다. 그것은 시인은 도전하는 삶, 꿈꾸는 삶
이라고 말한다.
도전하는 삶은 성공의 비율이 높다. 임효숙 시인은 그렇
게 글쓰기를 시작했고 머릿속에 그런 생각이 있었기 그의
꿈을 실천하고 있다.

시화전 품으셨소 종자는 잉태하네
조각한 시어들이 바위에 몸을 싣고
박물관 패션니스트 곳곳에서 뽐내네

무더위 열광 속에 찾아든 시인님들
진열된 시화들과 만남을 축복하네
수고로 봉사하신 맘 걸개마다 수놓네

구름도 바람처럼 말없이 쉬어가며
나무의 그늘 시화 펄럭이며 격려해
자식을 잉태하듯이 시집은 탄생했네

출판과 사인회로 행사장 빛내시고
모두들 행복하게 만드신 마술사님
종자와 시인 박물관 시비들과 영원하리
    — 시조 「종자와 시인 박물관」 전문

　시인은 2021년 연천 종자와 시인 박물관에서 열린 글벗
시화전에 참석하고 자신의 첫 시집 출판기념회를 가진 바
가 있다. 그 감회를 적은 시조 작품이다. 전국의 원근 각지
에서 글벗시화전과 출판기념회에 많은 지인이 다녀갔다.
그의 삶과 그의 인생, 그리고 그의 폭넓은 인간관계를 필
자의 눈으로 직접 만날 수 있었다.

　　사랑이 나눔 되어
　　시화전 골짜기에
　　우수수 쏟아지는
　　영롱한 시향 있어
　　난 내가 서 있는 곳에

오늘을 새긴다

비 오는 골짜기에
임자도 없는 빈 곳
빗소리 펄럭펄럭
시화들 응원한다
저 자리 서 있는 곳에
사랑 나눔 싹튼다

네 이름 가을향기
내 이름 가을은 사랑
네 별명 메리골드
내 별명 해바라기
나서서 화장 고치고
바람 따라 나선다
— 시조 「내가 서 있는 곳에」 전문

임효숙 시인의 삶에는 또 다른 나눔의 삶이 있다. 그것은 다름을 인정하고 믿음으로 사는 삶, 인연을 소중하게 나누는 삶인 것이다. 본인을 가을 향기라고 칭했고 가을은 사랑이라고 말한다. 그리고 꼭 오고야 말 행복을 메리골드로부터 찾는다. 그리고 화장을 고치고 바람 따라나서는 시인의 모습이 아름답다.

나와는 다르기에
틀린 줄 알았었다

내 말이 안 통하고
내 멋대로 안 되기에
소중한 사실을 잊고
고집으로 살았다

나와는 다르지만
인정해 믿음 주고
신뢰로 나눔 하며
편하게 즐기는 자
인연의 끈을 꼭 잡고
행복하게 살았다
 - 시조 「끈」 전문

간디의 묘비석에 이런 글귀가 쓰여 있다.
"내 삶이 나의 메시지다."
 나의 메시지가 무엇인지 알고 싶거든 내가 어떻게 살았는
지 바라보라는 의미일 것이다.
 지금껏 임효숙 시인의 시와 시조 작품의 작품세계를 개략
적으로 살펴보았다. 그의 시와 시조 작품에는 그의 삶과
열정이 묻어나 있다. 그의 시를 직접 만나서 그의 삶의 향
기를 확인해도 좋을 것이다. 한마디로 그의 시와 시조 작
품에 담긴 경향을 분석하면 열정 있는 삶, 욕심이 없는 삶,
그리고 나눔과 사랑의 삶, 목표가 있는 삶을 꿈꾼다.
다시 말해서 삶이 열정이 빚은 행복한 삶인 것이다. 그는
지금의 삶은 거저 얻은 '덤'으로 사는 삶이라고 말한다. 그

삶에서 행복이 묻어난다. 그 행복은 바로 사람과 사람의 인연, 그리고 긍정적인 삶에서 우러난 행복이다. 그래서 그의 시와 시조 작품이 더욱 빛난다.

> 빈손으로 왔기에
> 내 삶은 덤입니다
> 만나고 스친 인연
> 내 삶의 보물이다
> 오늘도 덤으로 사는
> 행복 속에 눈 뜬다
> - 시조 「덤」 전문

이제 글을 마무리하고자 한다. 글 쓰는 것은 재능이 아니라 기술이다. 타고난 글재주는 없다는 말이다. 그렇다면 글쓰기는 무엇인가. 경험에서 비롯된 표현력이다. 좀 거창하게 말하면 수사법이다. 같은 내용이라도 어떻게 표현하느냐에 따라서 결과가 달라진다. 글쓰기는 노력의 결과다. 그리고 아무런 대가 없이 자신을 내어주는 사랑이다. 글쓰기는 이웃과 자식에게 홍시처럼 내어주는 열정이다.

> 까치밥 가지 끝에
> 목숨 줄 매달고서
> 동구 밖 자식 발길
> 눈 감고 귀 문 여네
> 붉은빛 사랑의 열정

내어주는 그 사랑
–시조 「홍시」 전문

뉴욕 센트럴파크에서 한 남자가 "나는 앞을 보지 못합니다."라고 쓰인 팻말을 들고 구걸하고 있었다. 그러나 사람들은 눈길조차 주지 않았다. 그 모습을 지켜보던 어떤 여인이 다가가 팻말의 문구를 고쳐 주었다. 그 뒤로 사람들이 모여들기 시작했고 동냥 바구니가 가득 채워졌다. 팻말에는 이렇게 쓰여 있었다.
"곧 봄이 오겠지만 나는 봄을 볼 수가 없습니다."

임효숙 시인의 매일 한 편 이상 글을 쓰려는 그의 열정을 존경한다. 그리고 창조적인 배움과 글 사랑의 도전을 응원한다. 그리고 그의 앞날에 문운이 창대하리라 확신하고 기대한다.

■ 글벗시선163 임효숙 시인의 두 번째 시집

들길이 맛나다

인 쇄 일 2022년 4월 15일

발 행 일 2022년 4월 15일

지 은 이 임효숙

펴 낸 이 한주희

펴 낸 곳 도서출판 글벗

출판등록 2007. 10. 29(제406-2007-100호)

주   소 경기도 파주시 와석순환로 16,(야당동)
롯데캐슬파크타운 905동 1104호

홈페이지 http://guelbut.co.kr

E-mail juhee6305@hanmail.net

전화번호 031-957-1461

팩   스 031-957-7319

가   격 12,000원

I S B N 978-89-6533-212-1 04810